这部诗集在对"自我"的聚焦中，深刻立体地凸显了抒情主体"陌生"鲜活的成长痕迹与生命痛感；逸出日常经验范畴的情思触角，频繁触摸形而上抑或非常态世界边缘的叩问，既张扬了诗人高度个性化的精神和艺术殊相，又使怪诞奇崛、超凡脱俗的想象力充分外化；而诗歌、日记、诗剧几种文类之间的互动共生，则昭示出抒情主体在创作上多向伸展的可能。

——南开大学文学院　罗振亚

王
米

　　1988 年 11 月生，北京电影学院文学系硕士。多年来对法国电影、德国电影、英国电影都有所涉猎，编剧导演作品多次获得电影节奖项，一度钟爱国内地下电影和"土摇"，以文艺青年自居，除了电影院和小公园以外深居简出。曾获全国美文大赛奖，发表小说诗歌评论数十篇。

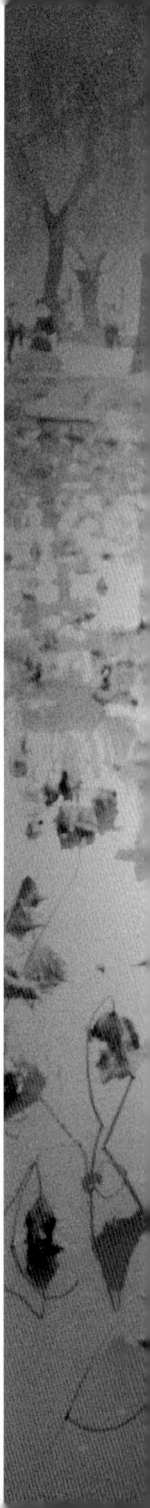

王米

著

少女失忆以后

——研习飞行的日子

山东教育出版社

·济南·

图书在版编目（CIP）数据

少女失忆以后 : 研习飞行的日子 / 王米著 . —济南 : 山东教育出版社，2022.6

ISBN 978-7-5701-1975-2

Ⅰ.①少… Ⅱ.①王… Ⅲ.①诗集 - 中国 - 当代 Ⅳ.①I1227

中国版本图书馆CIP数据核字（2022）第 017035 号

责任编辑　杜　聪
责任校对　舒　心
装帧设计　王　米　武子扬
美术编辑　尹元元

SHAONÜ SHIYI YIHOU
——YANXI FEIXING DE RIZI

少女失忆以后
——研习飞行的日子

王米　著

主管单位：山东出版传媒股份有限公司
出 版 人：刘东杰
出版发行：山东教育出版社
　　　　　地址：济南市市中区二环南路 2066 号 4 区 1 号　邮编：250003
　　　　　电话：（0531）82092660　　网址：www.sjs.com.cn
印　　刷：济南龙玺印刷有限公司
版　　次：2022 年 6 月第 1 版
印　　次：2022 年 6 月第 1 次印刷
开　　本：710 毫米 × 1000 毫米　1/16
印　　张：9
印　　数：1–1000
字　　数：272 千
定　　价：38.00 元

（如印装质量有问题，请与印刷厂联系调换）印厂电话：0531–86027518

前言

　　第一次站在教室走廊的栏杆旁边感到心痛的时候，我大概也就四岁半。之前发生的事情不记得了，只是发现突然间所有的话都说不出来，周围的一切事物也噤声了，小朋友们看我的表情如此顽固冷酷，只有呼呼的风声和距离几十米的地面向上凝望我的恐惧晕眩感。我想我大概做错了什么。那可能是我第一次感到了人生。后来我在公园草坪栏杆上完成了后仰落地，成功地进了医院。

　　之后又有这样的感觉是十四岁时站在教室门外，我看着相识和相知太久的同学，虽然即将分离，但一切不会结束也不会有结果。又感到了头晕目眩，幻觉中好像我们一起飞下了五层楼，直冲地面。

　　恋爱的心跳和飞速下落的心跳如此一致，梦里数次梦到过。

　　我其实是没什么娱乐精神的人，但小时候妈妈每天带我去公园的儿童乐园和小朋友们一起玩各种游戏设施，蹦蹦床、小火车……有的很险，几十米高的地方过空中飞桥。但人不历险，不会切身感到自己活着。

八岁的时候写了第一首诗给妈妈，初二的时候写了第二首诗给爸爸，其他诗歌都是高中往后完成的。上小学时就被称为才女，但是性格顽皮乖张，熟悉的人都知道我敢爱敢恨、嫉恶如仇的一面。十五岁时遭遇车祸，身体健康状况下滑，学习吃力，感觉却变得敏锐异常，所以才有了一些真正的写作才能。

陆续写了一些诗。主要写于大学毕业以后。大学读的电影学院文学系，慢慢从语言体系里走出，进入一个画面和声音主导的艺术体系，爱科克托、桑塔格、罗兰·巴特、布列松、布努埃尔等人的作品。毕业后签入某国企，被编入创作部门，闲暇时间较多，加上身体恢复，又把这些时间和思想的碎片晶体化为诗歌。

诗歌方面比较喜欢曼德尔施塔姆、阿赫玛托娃、布莱希特。

爸爸的书橱里有许多朦胧诗诗集，那是我对另一个时代的直感。混合着济南湿热的空气，茂密的梧桐树荫，夏天火热的人行道和冬天下雪后沉默的房顶。这些是我对这个世界最初和最深的一些印象。后来来到北京，更空旷，风更大，天更蓝，我喜欢这些能和历史相沟通的地方。

后来大概喜欢过一两个诗人吧，可是他们也没有想和我共度余生。

跌跌撞撞成了现在这个样子，拥有一些诗，拥有一些小说、剧本和几部电影，不足以自证，但这是我的一切。

每次写下一行诗，我想我都和精灵完成了对话。

目录

—— 森林公园是我的大日坛城 ——

—— 小红帽的眼泪 ——

爱情

世界就是知觉的一个对象，

在我爱上你之前，

它本来是浑然一体的，

当天边最后一丝火烧云散去，

暴雨也没有到来，

家犬趴在地上气喘吁吁着，

蓝鲸搁浅在海滩边缘，

公主把所有的白芷统统扫进竹篓，

在瓦尔登湖小心翼翼地祭奠，

在世界中心

和所有人一起睡去。

爱情仅适于哀悼，

当时间扭曲了我们，

没有一种疼痛的方式可以表达爱意。

蓬勃繁茂的生命之树啊，

摇下来更多的厄运吧，

将我砸晕。

让我看见，

所有的你眨着眼睛，

逼我直视疯狂的深渊，

让爱跋涉至更加蛮荒的狂野，

让力气侵蚀粗壮的骨骼。

乌鸦走了，麻雀也是，

当树影婆娑，

我心萌动。

我会想起多年以后的今天，

在一个下午，所有调皮的孩子不见了，

回到湖底，在太阳升起时再出发。

2019.12

新年祝福

乌篷船驶向湖中心，

在蓝绿色的涟漪里失去了方向与时间。

山的线条流畅，

看着它就像偎依在爱人的怀抱。

真相是不可见的，

女人的欲望开出了水面上一朵朵莲花，

而身份和道德蕴藏于雄性人类的身体，

整容使碧玉年华变得难以捉摸。

倒影中的青山更加碧绿，

像釉色的宝石。

蹩脚的抒情诗人总想着征服世界，

温良的白兔用恩怨伤透孩子的心。

五十岁以后我的妈妈由神变成了人，

每天流血不止的她依旧上街买菜。

日常生活是一门宗教，

将她的男人驯化。

大气孔洞溢出紫外线，

各种咒语演化发酵，

经验与理性融合，

有限与无限交换，

没有人想看见伤心的人，

因为欢乐女神只在传说中出现。

在这个世纪写作是一种古老的营生，

每当人们提起这些几近消失的人类，

就像海平面失踪的船只驮着水手归来。

哦！那个网文写手的楼下的中年妇女，

他们说，他们好像有故事。

有些人更爱跻身于男生中间，

他们从语言的国度来，穿梭自如。

他们对女生优雅而照顾，

而另一些肥胖的家伙只想当雌性生物的王。

寻找一种语言去搭讪陌生人

是费时费力的，

亦如捏造一种身份。

在我二十岁的时候我什么也不想表达，

在社交场合诉说别人的虚荣和痛苦，

并把裸露的身体拓在纸上。

如今我相信一切只是幻梦，

就像是日光撒的一个谎。

试着与勇士相爱，

可爱的女妖们就再也不会出现。

不去相信脑容量，

也不去相信奇迹。

没有物自体存在，

也没有任何机遇。

诗人一边惊觉地观察着因疾病而瑟缩的人类，

一边就发现有人把胳膊对准了自己。

砰！他说。

我在水面上辨认着自己因肥胖产生的婴儿肥，

当我划着一条乌篷船驶向湖中央。

2021.3

砂之器

一

日子结了一些梦下来，

像彩椒挂在枝头，

我们吃掉彼此的梦，小心翼翼。

这时又会有陌生人来安慰，

午夜的男孩像是一只小狼，

他的想法有一半和我一样，还有他的五官，

像是我去年画出来的小说人物。

符码移位，金字塔崩散成沙，

雷阵雨中的朽木满街乱飘，

烈日下的黄沙翻着白眼。

如果不用关系控制一双灿烂的眼眸，

好像亲人那样，

一段体温在一段体温上消散，

一张脸在另一张脸上浮现。

二

地图上标注了很多地点，

可惜我们一次只能看到事物的一个方面。

刻舟求剑，缘木求鱼，

愚蠢的人们活着基本靠运气。

速生速死的爱意，

心碎时一起离开，

相爱时天各一方，

在辽阔的荒芜面前，

凝结青草芯的一点甜。

如果懂得一次交出所有的方法，

我们也不会沦落为悲情的流行歌曲。

在阳光最灿烂的永恒余晖中，

无限后退。

成为石头，在最后一次对视里

成为盲人。

三

在战争进入尾声的时候去当兵，

当我第一次有这个想法的时候，

我还是个蚂蚱一样的小朋友，

拉着保姆的手，站在门框里。

此刻我开着坦克，像个狂徒。

她从海上来，信上说下个月就会到驻扎的城市。

整个七月，没有下雨。

宿舍桌子的玻璃板下压着一张

残破的黑白照片。

还记得七岁那年我去找她，

她没有开门。

所有的恋情都有耽搁，

所有的天才都不被看好。

而现在日头已经不多，

我的时刻已经来到了。

2021.1

关于见前任的十四行诗

我对生活所有深刻的认识，
还赶不上你带给我的点滴伤害，
而关于幸福的浮光掠影，
更不能在你的图像上添上数笔。

什么都不会过去，
我变成了一个废物。
关键是我还忘了你。

这样的一个星期一的下午，
穿过几条行车缓慢的道路去见你，
整个天空都在哭泣，
所有店员都在笑我。

我说我不是你的粉丝，
你的粉到处骂我，
我却没做错什么。

2019.12

床戏的剧本

在床上滚来滚去
像发亮的椰子和鲜红的西瓜以及新鲜的橙子
撒了一地

少年躺在地上
而少女骑在栏杆上，后来坐到台阶上
风更友好，风停在两人身边静静地不说话
后来开始哼歌了

它唱到
你不能跳下去
你不能跳下去！

2019.11

巴音布鲁克

一点都不缺乏存在感，
每做一件事情都会有体力的消耗，
身体的劳损
像远方的天际线一样显现出来。

三十岁以后，
我像来到一个荒僻的小镇。
熟人无几，
鸡犬相闻。
发电机和卡车时而运行，
发了疯的女人
每日在阁楼上跳来跳去看着我。

一点也不缺乏存在感，
她怕我看她，
所以总在看着我。

不再眷恋那些早晚要去的地方，

忘了所有字典删去的字条和不见的门牌号，

岁月就像枯叶掉在雨水里溅上了泥，

脏得那样好看。

2019.8

日常即景

我已经化为了碎片
像风吹过这个慵懒的城市
在阳光下裂变成的那些金子
姑娘小伙的闲言碎语
不听话的孩子
车轮声、灰尘和树叶

时间经过我不需要停留
当太阳西斜经过雍和宫和鼓楼
我也是一只出海的船
在桅杆上默默地晾晒记忆

不远的沙滩上
几只陌生人的鞋子粘着泥
鳞片发光的大鱼在一旁逡巡
今晚的月色如酒

2019.8

生活

今天他对我说

不被人利用

你怎么能实现自己的价值

我觉得他真是深刻

2019.7

坐地铁换乘时想到的

爱上一个人的过程很漫长，
长得可以在其中成长。
遗忘一个人的过程也很漫长，
慢得可以在其中变老。

在成长与变老中流逝的是智慧，
年轮一圈一圈地长成，
大树变粗，
人最后变得臃肿
或者消瘦起来。

水分散失，成为老年人的样子。
爱情，是一种有关于肌肤的奥秘。

2019.7

执念

关于爱的渴望经年已久，
于是当我张开嘴
流出了一些沙子，
蝴蝶飞舞在沙漠绿洲，
热带鱼离开了梦的海洋，
脆弱的形式铭心刻骨。
当我不说话的时候，
就只是一些贝壳。

2019.7

电影小子之一

一段恋爱最多五年就能忘干净
她老记得
就证明他老是在骚扰她

飞逝的激情总是开着赛车
所以人们总是同时启程
同时到达
直至他们分享的苦涩
终于淹没了曾有的甜蜜

电梯间里没有美丽的人
因为相似的人们紧锁着心门，不留下痕迹
这时进来一个丑陋和粗浅的人也真是亲切
像家人一样
大家都同她问好
阿拉蕾对谁都有敌意

她的皮肤松弛

像是浮肿

这就是这些年的日子

真是苦啊，这生活！

2019.7

电影小子之四

有的人的行为也是象征

他坐着的姿势就是一个标点符号

我们时代的隐喻

他在景山

他在山海关

他用肉身凭吊着历史的灰烬

他每天都在写诗

星星、月亮和花朵

不逛菜市场的日子

带一本诗集去咖啡馆

如果你爱他

他就要去死

他自制的诗集叫坟墓

他住在朋友家的阳台

和星空做伴

他给你的短片出演过顾城

他是那种帮你做事

但当事情做好

他早已扒火车去往他乡的人

路人也是他的朋友

因为他谦和地看着你的样子

好像上帝一样不忍心你遗忘了他

只使用简单的词汇和表达确定的涵义

就去做一个纯粹的人吧

那是唯一的可能性

在一个荒唐的年代

2019.7

电影小子之七

塞纳河边房子的墙面有多少种颜色

女孩的裙角和男孩的彩色 T 恤有多少种组合

都比不过你的男人那可爱的微笑平凡又醉人

弧度、角度和线条的组合宣告着高标准和严要求

你总是需要别人说服你

但却不肯相信别人的智商

两条腿走路

一切都是广告

你就像莽撞的小公鹿

总是让人满心欢喜

无处躲藏

我们都无法像犹太人那样聪明

这是问题所在

并且我没有去法国

没有去法国的我啊

也没有去美国

2017.8

电影小子之八

一步步深入鳄鱼峡湾的深海隧道

与电影的恋爱

就像一个渐冻症病人

一点一点忆起往昔种种风味和岁月的光斑

直至彻底填满现在

就像一间堆满了过期物品的宝库

来自不知名光源的灯火照亮着它

彻夜通明

这腐朽的往事与大型凶猛动物的尸体

就像与一个四处可见的符号恋爱

加菲猫或者樱木花道

你知道这感觉多美好

你拥有的别人也拥有

可它还是你的

朋友永远是你的世界的旁观者

并且拒绝着你进入他的苦难天地

一次一次提醒你的笨拙与浅陋

在兽栏面前浮皮潦草地经过，若无其事

戒尺与黎明都是大海和橘色夕阳的

波浪琉璃

塑料水果

果冻钢针

防冻液和防腐液

我的肚脐流下青草汁水

像你的头顶开满鲜花

无辜的电影婴儿

2017.8

电影小子之九

长头发的爱人
幽绿色的精灵出没在蜜蜂森林
身穿灰格子麻布围裙的姑娘拿起耙犁
发誓要赶走这个酗酒的负心汉

在梦的摇篮里摆荡，一丝不挂
可是，他不过是个孩子
话语流入了山那边的湖泊，海水倒灌
风爱你
于是电话的待机声响起了
无人接听

与其去充满幻想地虚构一种生活
与其去热情洋溢地计划一些行为
与其去爱恋一些与生活保持距离的形式
森林里的动物懂得记忆的奥秘，而蟋蟀
在盘子里的面条上瞌睡
啊，我也没有办法

2019.7

宋庄

笔直的线条在酒杯里飞驰，
少女想要去聆听
那些比她还要安静的声音。
低矮的
蘑菇房子，画家高耸的工作室。
是的
有些人住在下面，
而有些人住在上面。

2019.7

网恋

一

我是个充满了欲求的人
但面对你时我没有
我不必担心什么，也不想要求什么
刚刚好
就是现在

二

你要我马不停蹄地爱你
可我怎能让你知道
我的虚空
唯在沉默时恢复了原形

三

马在原上跑
你在林中笑

我在河边洗衣裳

四

我在深深的悲哀里沉浮

却对你笑

你说我高兴什么

我高兴这未及长出就夭折的恋情

这不开花的树，这酸涩的果

摧毁得如此美丽

五

这日子像梦一样

我在海上飘向你

波涛汹涌是我的心声

而你是天神

通过电闪雷鸣与我交汇着

2019.6

6月6号

摇滚乐来了
世界终于翻动了他的身体

我也动了动
沉浸在运动带来的
伟大的
诗意

2019.6

写给厦门

在厦门

每一栋房子都太老了

被住在它肚子里的人和东西给撑坏了

在睡梦中

我能听到它们的梦呓

这个城市年轻的气质来自

会做梦的男生

和衣服花哨的女生

年轻人的血脉相通

它就不会被黑暗所吞噬

要说那些细节的小清新

譬如环岛路边含苞待放的

花骨朵以及椰子树，草坪

譬如古巷里出售的花裙子的图案

那是侨民审美的印记

放弃熟悉的节奏

旋转、起舞，在哭泣之后开始思考

人的一生不过是

从遗忘到另一场遗忘

好像涟漪划开在水面一样

一天那个男孩子站在街角喊你的名字

2017.10

一面之缘

当你下一次对一个男人动心的时候
兴许已经没有下一次
写小说真是一件痛苦的事情
从我没有写小说的时候
它就已经将势力遍及我的全身
腹痛、牙痛、子宫痛、头痛、腿痛
所有的痛都是饥渴
是不足
是不满
乌鸦一样的嚎叫
像蟋蟀
像八月里的蝉
但是写诗治愈了一部分身体的疼痛
它助长的是苍老
我已经忘了到底是谁
他的坐姿从侧面看
好像有一点温柔的气质

2017.10

老女人

既丧失了青春，

也没有孩子。

疲于去爱，

穿着花裙子。

抽烟的时候手发颤，

节假日买了一台电钢琴。

钢琴老师是一个音乐系大二帅哥，

想和他去希腊游泳，

在礁石上晒太阳。

2020.3

公交站旁的速写

两个充满恶意的人
一个老妪与一个身材瘦高的中年男子
一个白，一个黑
在昆明郊区的环城公路上卖水果
十字路口，一边通向刚刚粉刷的仿古宫殿
一边通向博物馆
老妪对世间情爱充满了怨恨
她将梨子泡软，做成止咳化痰的饮品
肤白的男人面无表情地称着橘子
那双没有力气的手
在五月愁云惨布的天空下
看起来好像爱情
云南怎么会需要食物呢
它就像憎恶着一切那般地壮美
花开半季无人闻，仿若有毒
它有着太多的情爱需要慢慢消化

2017.10

麦子

所有的痛苦都是来自拒绝别人
小孩子就喜欢不停地拒绝别人
老人则不
可是老人也曾是小孩子

流水接受着阳光的恩泽和抚慰
昼夜不停歇
星汉罗布的是天上众神的星座
树木荫蔽着脆弱的人类
不被烤焦

爱是一种专注
艺术是一种
同义反复

2017.8

赵夏盈

人的一生应该像一栋透明的房子

他的狗在里面模仿全自动列车不停地盘旋

吞食者可以依次吃下他所欲求的一切

彩色积木一推就倒

男人的城堡

胸腔震鸣

声带的位置无迹可觅

爱是这个世界的秩序

以及欲望更大的人

女孩的妈妈练书法

爸爸长得像她

她的男友总是在她的旁边

如果离开一会

她就变成了一颗苦柚

连扶着摩托车的双肘都像是在尖叫

尖顶教堂

修道士的蓝黑色长袍

到底是爱这欲望

还是那禁锢欲望的枷锁？

不要说

那不过是一回事

2017.8

每片土地都有代表动物所守护

疯长的苍竹直指天空，
所有绿幽幽的生物，
空气中的百灵，熊猫，火烈鸟，丹顶鹤，
当人类疲惫
动物们就化为武士，
为它作战，
那般迷人，那般神奇。
我们已经非常老了，
借别人的躯壳得以呼吸，
借别人的眼睛得以看见，
那些过去的时间不曾经历过，
被放进另一个紫罗兰水晶球。

我们也曾在天上热烈地携手舞蹈，
你傻头傻脑，烂漫天真，
像狗熊，像野马。

让我们在漏光的庭院里斟满陈年的美酒，

浑浊的双眼就是岁月的标志，

柔软的青草地，深白色记忆，

让我们忘记。

到那些另一个世界回来的人群中去，

他们迈着阔步，

不停地说话，

用眼睛标记着，

那时我们将再次认出彼此。

那些导致颓丧的事物，

冰箱、空烟蒂和旧床单

让太阳神也无能为力。

放浪形骸的铅笔盒

是一条拥有陡坡的路，

乌云环绕着天际线，

当大撒把下坡把什么都抛到脑后，

学会开玩笑多痛的伤口也能长好，

在每一面发污的窗玻璃上

我都是最美丽的一张照片，

骆驼保持微笑，

挺起双峰呼入了一口

空气，

每张面具都有很多要诉说的，

当力气聚集起来也就杀掉了时间。

狼尾草的夏天，

辛苦的男孩在尝试各种法门之后，

用植物染蓝衣襟，

发出粗重的吼叫，

在梦里什么也看得清。

鹈鹕飞过以后所有动物一起鸣叫，

此时此地的人们也是这样。

每个工种都带来工伤，

鹦鹉感怀春事，

和爱人如出一辙，

我们活着的岁月，

就是箭靶上面的一个点。

美丽的圆脸女人，

来自熊猫故乡四川，

至于喜欢独立的云南女士，

是一只只的火烈鸟。

生命之酒筵欢畅淋漓，

所有的生物一起迎接众神的降临。

2021.9

—— 森林公园是我的大日坛城 ——

八月的最后一天

像一位旧日朋友

我自己

是我的另一位访客

最伤怀是梦醒时分的太阳

走出影院的那个四岁某天的夜晚

坚固的石质建筑已经拆毁

空留一个门扉

不是任何一种年代或国家的风格

你

像一个整了容的旧日朋友

望着我满怀柔情

每一句话，都是无限爱恋的表白

每一个词，又是克制理性的拒绝

每一步路，都向着过去

却迈向未来

午夜里的水泥跑道

灯火通明的双人椅

向日葵、芍药与紧锁的大门

内向的人张不开口

已经来不及去昨日时光与坏人揪斗

我也不敢问你

为什么这么多年没有音讯？

你一直伴着我

你的正直、善良与自信

好像黑夜里沉寂的林中道路

2017.10

又去了森林公园

一个女生渴望的全部宠爱
无非是一只四肢修长的螳螂
或者肩膀厚实的北极熊带来的

把你说话的节奏拖慢 1/8 拍
就接近酒酣的频率了

后来我把你的声音录了下来
存在手机里
又转发到邮箱中

那个让你揪心不已的男孩子
或许就是这里的某一只青蛙变成的
当你一个人没有心事也没有悲伤
月光也正皎洁
它就会从树林里走出来

像月光一样白皙、明亮、性感

在天亮之前陪你走出森林

2017.12

陌生人手记

树木的脊髓冰凉，

食草动物找到了它的绿洲，

爱让这个春天不再空洞，

记忆里的飞禽走兽回到了森林中。

金色的晚霞装点梧桐树梢，

少年还没有长大，

却已经想法太多。

万物都在创造，

因循守旧或另辟蹊径地编织。

你离开以后，

夜晚不再到来。

如果雨水复有良知，

人们也会变得善良。

任何一种拒绝都是金子，

没有一种认识不是误读。

蚯蚓掘开经验的版图，

微弱的视力解救不了藏匿水稻的胃。

单薄的身躯，灌了铅的双腿，

奖章属于格子间的旅行者。

2020.5

每一个看起来都像句号

题记：写于 2017 年春，写给故乡、初恋、我爱的电影，写给所有的人生。

说好了只为你写 128 首情诗

像那些生命中层出不穷的偶然交汇

这些年我错认成你的人

加起来也没有 1001 个

每一首歌都像是记录我对你付出的一点纯真

每一场电影都像是上帝对我们的定期宣判

什么时候才能准备好呢

可惜我们从来没有成功过

泺源大街

串起来的 1001 个保安、城管、麻辣烫、呼啦圈

绣花手帕

关于疼痛的所有记忆

就算打死我也不说

野火烧灼着皮肤

洪水泛滥在十六岁那年

2017.4

看完《奇遇》的下午好像忘了你

哎呀，面粉已经发好了

哎呀，他该回去工作了

女孩呷呀的声音像飞虫在他耳朵边逡巡

他的责任是陪伴女孩还是回去做糕点呢

形状可爱

味道甜美

香喷喷地充满了超市地下一层的入口

这个女孩穿的衣服方圆几十里都没有的卖

他 QQ 上的女朋友下个礼拜来找他

他安排她在朋友的奶茶店帮忙

哎呀

这个女孩的气质让人不忍离去

她就像那些夜色中伫立的白色别墅

2015.12

记一段友情

当我想你的时候
天空晴朗
空气清新
开水甜香

当我开始想你的时候
心从规律的节奏中出逃
事物恢复到善良的状态
日子变得像往常一样
充满期待
像一只刚剪了毛的小狗

2019.6

致北京

在北京，每只喜鹊都太肥了
像母鸡一样肥
这个怀旧的城市里
没有一个人会去惊扰它
每个人都若有所思
互相敬畏
又互相嫌弃

那些茂盛的小叶植物不适合徙居
它们在地上啄食
看到它们的人也没有什么反应
只是不敢去惊扰了它们的好时光

在这个城市的各个方向飞行的都是有名的鸟
祠堂、古宅、王府和庙宇
它们也允许喜鹊为自己的名字而害羞呢

幸福的人们气定神闲

不开心的另一些慌慌张张

而麻雀志向远大

出双入对

并没有担心游客们的画幅太小

把他们网罗进去

在北京

相爱的人们选择相顾无言

各自为念

2017.11

抽象之爱

我对你的亲昵是一组排比句

时常抱怨、指责、判定

我不是怀疑这个世界

我是坚定地否定着一切多余之物

因为我们藏身期间的空间

已经被谎言、谬误和虚无所笼罩

我思前想后，醍醐灌顶

悬梁刺股，悲从中来

也只能一而再，再而三，三而四地提醒你

这是我们唯一的爱啊

这是我们所有的蜜啊

这是我们所有的辛勤结的果

维尼熊和米老鼠排着队等待享用

甜蜜爱恋

至死不辜

2017.8

剩女的日记

最后剩下的都是精华

我不像其他女生的地方仅仅是

我不迷恋别人喊自己名字时发出的音调和声色

最后留下了深刻的遗憾

我的一生爱恨都少

平庸又百无聊赖

一个憨傻的胖子还是一个文质彬彬的瘦子？

一个姑娘对安全产生了深深的焦虑……

醒来得慢一点还是快一点？

建立熟悉感

快一点还是慢一点？

要忘记自己才能拥有爱情

紧闭的唇

纯真的轻盈感

仿佛大白兔奶糖融化在嘴里

一切都是过程

莫愁前路无知己

天下谁人不识君

2018.2

纸飞机

题记：写给百年电影史，写给我的老师和学生生涯。

一场漫长的
关于日常生活的梦
普通得不能再普通

所有关于攻城略地的计划
都得放诸一旁打包
一次性筷子就像你的脸可以复制
沉鱼落雁的是你的袖口的风
卷起来，折几下
那个你出现在篮球架下的下午
脚踝流血的少女
对折，从中心撕开来

我又想起怎么跳舞了

腿又消失了

花裙子

她们为十五年前的分离而哭泣啊

乌鸦逆飞

风唱着我

所有的人围着床

等到神祇降临那天我们就分手

2016.5

朴素的回忆

当我已经忘记了写字的梦想的时候，

十七岁的夏天，

有天听见一个女孩在课堂上说，

才华会磨损，会消散，

如果现在不写，

永远都不会写。

我看着曾经的躁动的自己，

以一种仰慕的眼神无奈微笑。

我的才华是一只寄生虫，

长在我的身上时不时就痛。

只要我会痛，

我就能感受它；

只要我能感受它，

它就与我同在。

不需要表达，

也不需要炫耀。

哪怕我哑了，

它和失声同在。

哪怕我失明，

它和瞎眼同在。

所以才华就是不幸，

所有的艺术都是时代的症候，

很多人怕它消散，瓦解，失传，

但它总是换种方式又出现。

只能享受啊，

这传奇隐没的世代，

这贫贱的我们。

2020.5

蹩脚的情诗

一

奈何奈何奈何奈何桥

该怎么记起你

当你在路的那边

我在路的这边

中间都是人和车

我越费力去揣测你的相貌、脸型与声音

就越是会陷入迷惑

我就是这么越来越聪明的

你也就一次一次地变换装扮来找我

我想你已经死了

就像纯真的凋零那么决绝

那些蹩脚的调情者不会明白

他们以为一切都是伪装

二

蹩脚的人喜欢的是另一类人

她们长得像坏女人

其实心地还可以

脑袋笨得可怜

要不是那一层漂亮脸蛋的伪装

连鬼也骗不过去

那么多欢乐的鬼

他们叫喊着

他们已经习惯了我

一次次地潜入冥河去拼凑你的样子

也许死亡是你的归属

而我只是一棵孤独的小树

人间侥幸的装饰品

2017.8

简单地活着

饿了的时候快点吃上食物，

渴了的时候快点喝上水，

想你的时候赶紧见到你，

扑到你的怀里，

手臂环住你的脖子，

全部的愿望就是这些。

如果可以，

看上什么的时候有钱买下来，

想讨论什么的时候朋友刚好也有兴趣，

所希冀的已经不能更多，

再多就占用了别人呼吸的空间。

世上的道路是有限的，

四下里都很拥挤。

孩子长到一定年纪就迷上思考，

这时候得有一些新鲜事物把他从空想中拔出来，

像一颗萝卜。

我执着于完善对你的记忆，

把各种事情联系起来，

构成命运的版图。

如此地需要被点燃的我，

就像苦闷的时候着急喝到酒。

2020.6

周末

思考的时候看到一道道光，
潜能不够用的时候就学鱼儿游泳，
树木用它的姿势抚慰树下的人，
木桥是双人道，没有自信的人总做两手准备。

男性总是抽象的，一如代码，
时代不过是戴花帽子的伶人喧闹一时，
天空就是所有人一起思考时呈现的颜色，
你所想到的绿草丛中总有人在野餐。

通电的蘑菇指引着城市北部的知识分子，
已经没有人际关系的时代里还在努力猜忌，
我们一起吃饭一起散步一起累了，
然后独自工作独自休息孤独地社交。

2020.4

无题

在语言的腹部写诗，

沿着斑马线倒退，

在大声说话方面我是个结巴。

试着顺从天意，

在心里反复思索，

那些我反对的道理，

在美学上具有一定的风格。

人们终于发现，

伦理都是对强者而言的，

而弱小的事物努力地呼吸，

存活下去。

一座村庄和一个城市的

重点所在，

都是女人的笑脸，

秘密被画下来，

蛇盘踞在梁上。

在人类成年以前，

去爱就是去捕获和杀戮，

四月飘雪，

晴天霹雳，

大地的阵痛与少女的哭声混合交响。

2020.4

灵感

伤口开裂得太大

以至于露出绿色的土壤

欲望滚动得像河

我爱那些有护城河的房子

国王终日在忙碌

公主也只是梳洗

用早茶和下午茶

来致敬太阳神

2016.1

无以名状的欣慰

不同于成年人
儿童每一次张开双臂奔跑
都是脱离母体的飞翔
克服地球引力的体操每天必须重复
在跌倒和爬起以后擦干眼泪

那些悲伤的苦涩的瞬间
不满于大人
势单力薄
无力感铭刻得越深
就越将永远地停留于儿时的世界

离开完全基于运气和日积月累的努力
人之所以辛勤劳动
就是为了远离那悲伤与苦涩

2015.12

—— 北京风雨云 ——

坐出租车去宜家的途中

孤独的人啊

请你不要放弃忧伤

只要你再用力一点

就会发现

在你身边的某一个人就是天使

痛苦的人啊

请你不要放弃绝望

当你放弃所有希冀

就会看到神

在你身边，向你伸出右手

被遗忘的恰恰是救赎

就像被毁灭的刚好是痛楚

被离弃的往往是叛徒

如同被掩埋的正是那白骨

你叫它做彩虹

在那黄昏时刻的晴朗天际

就是这条路我们将一同前往

谁也不能将你我分离

2016.5

11月25日写于公交车上的抒情诗

十六岁那年的血，

终于渗透了地板，

你知道再也回不去了，

于是等来了另一次的收割。

雏菊和桔梗花在暗室里盛开，

心碎的声音击碎了玻璃。

我爱你，

那是我必将失信于你的理由。

十六岁的借口，

吞食泥土的幻觉，

即便勇者也不能顺利通过。

你无法离开，

就像你只是一个明断是非的人，

情感不够丰沛以进入人群。

而我爱你，

借此再沉入深深的海底，

在遥远的草原、高山上，

悬挂着风干的誓言。

2019.11

装修

选沙发和选男人是一回事，
想要的生活由颜色、气味、触觉、形态组成，
再混合一点点风格。
风格就是框起来的风，
解码温度、湿度、纬度和味道。

装修就是最简单的生活在别处，
试图生活在别处的都是资产阶级。
我只是爱搞装修的嬉皮，
在梦里从来都没有一个家。

2020.4

生育（幻想曲）

爱情是她的最后一场梦，

极致的梦。

直到听到稚子的哭声，

伟大的创作完成了。

从爱情萌芽，

她就开始孤单地做梦，

梦见另一个个体，

有鼻子有眼睛有耳朵，

梦见他同样爱着自己。

新生命融合了两个灵魂的共同特征，

完美的写意。

如果没有春雨和夏花的能量，

她怎能赋予新生命以呼吸；

如果没有红叶和冬雪的魄力，

她怎能给予新生儿以力气。

最后是那个梦里的人给了他轮廓，
又以自己的骨血给了他骨血。
世界也是上帝的一场春梦，
梦里捏出了大地，桥梁，动物，人类。

往后她和这世界有了新的联系，
她创作出的生命和她一同呼吸，
不再是梦。
喜鹊年复一年地叫唤，
枯木逢春，老井复涌，
挽起的发髻
宣布着少女寻着燕子不见了。
新雪将点缀这温馨的窗框，
光线柔和如牡丹。

2020.4

清明随感

点燃柴火的亲人找到与逝者沟通的语言，

不然就无法在这世上正确地行走。

清明节的早上逝者排着队路过白杨树林，

从土狗专注的眼睛里，

揣测它看到了一些熟悉的身影。

生者属于一瞬，

而死者属于永恒。

永恒就是一寸灰，

从逝者的痛苦中，

世界再一次出生了。

我赞美那些像影子一般隐匿于人群中的人，

他们在生时像万物一般无言和谦逊，

在死亡时像去往故乡一样沉着和安静。

2020.4

关于花香的一点联想

写诗的感觉有一点点接近她所要的，
绞尽脑汁，遣词造句，
就像肚子疼的时候自然想到童年。

紫丁香开的时候花香扑到窗户上，
好像小朋友们叫你出去玩。
可是一整个夏天都身体虚弱，
无法在阳光下直立行走。
暴雨的时候黄河停摆，
趵突泉的竹林里好像开出花来。
爱情里到处都是玫瑰的香气，
包括奶嗅味也是。

离开一个城市去往另一个城市，
感受灵魂的形单影只，
爬得慢的不只有蜗牛还有自己，

金龟子一踩就碎，

陌生城市的车流没有敌意。

离开一个人的生活

去往两个人的世界，

带上米、面、矿泉水还有盐。

换季的时候鞋子自然特别多，

如果起得足够早额头还能沾上露水。

2020.3

苍兰

那些无法反驳的诽谤构成了我，
那些长夜漫漫的诉说构成了我，
那些阳光刺眼流下的泪构成了我，
那些暴雨滂沱的无处躲藏构成了我。

于是我是毛发沾湿的狼狈的猫，
是混浊不堪肆意流淌的泪，
是低声喃喃的诗句和哭诉，
是千夫所指，
是墙中心的影子。

我是我在梦里游荡过的城市，
是我不曾到访过的奇异颜色。
可是我生长于自己的根基，
好多年不曾明白是什么把自己和人群区分开来。

有的人记忆力惊人，

有的人骨骼惊人，

有的人声如洪钟，

有的人善于做梦。

他们说人们和你想的不一样，

他们说另一些人不一样，

我也知道所有人都不是我。

2020.6

斧头和少女

在信仰和自我之间没有路，

挤不过一只绵羊，

人活着就是受苦，

把握不了这一点就会在世上走偏。

两个疯子的乌托邦远在西伯利亚，

握起手来上帝就会听见他们的贫穷和渴望。

我也曾认识一个奇怪的少年，

当他感受不到世界的时候就只想去表现什么。

这个世界上的一切都有其价值，

可是有了金子以后，

人命也成为相对而言。

好像他来这世上就是要证明，

他的犯罪一如宿命，

天时地利人和，

一如你的爱情。

运气就是绝对之物，

所以爱情也是奇迹。

雪下过之后就变成了水，

少女就是高纯度的痛苦和执着的混合物。

2020.4

关于青春

你谋杀了我的青春，
用诉说和预言，
用真实和诗歌。
它本应该阳光遍野，春意盎然，
而不是阴雨绵绵，薄云惨雾。

你谋杀了我的青春，
用忧郁和眼泪。
如果不是那些黄昏的谈话，
我因为你的恭谨而露出了哀伤的本意，
我就可以假装没人爱我，
而不用叹息青春的遗失，
爱情的脆弱。

你谋杀了我的青春，
以甜蜜和谎言。

我却把它们当成通往永恒的桥梁，

抛掉身上原有的负累，

轻得像羽毛。

你谋杀了我的青春，

以痛苦，

以无言。

2020.3

4 点 34

妈妈说要团结同学

于是我有了一些同学

除此之外都是青蛙，软体动物

来自童话故事

4 点 34，我又写了两首奇怪的诗

今天没有做饭，但是做了咖啡

再过几天冰就开始化了吧

那些积重难返的人儿都去坐火车吧

火车一开就哧啦哧啦地响

他们看着窗外，就会捡到一些岁月的证据

好像自己活过一样

2020.3

记忆

记忆已经不多

称一称刚好够下锅

事发当日我就准备好了今天开始回忆

也预谋出了后来的分离

如果不是后院的柳树太抗冻

整个冬天都不曾枯萎

我又怎么会在清晨的太阳里

看见篮球的样子

冰窟窿无处下脚

反正都是圆的

如果不是你要从飞机上跳下来

我也不会刚好相信你爱我

如果不是我碎得遍地都是

你也不会刚好捡到我

所以后海也是圆的

像悲剧一样圆

走过一圈的人都会分手

但是冰结得够厚

谁也不会掉下去

2020.3

春日小调

那些开着大门、张着大口、洞开着的大洞叫作过去，

长颈鹿的脖子挂满鲜花，

甜蜜的语言送给昨日灰烬

泪水属于天空和明天

音乐渐隐，

海平面开阔，

天空泛着发青的蓝。

日子正好，

适合故事重新开始讲述，

含义渐渐消失，

只剩下骨干，

没有动机参与，

而你不过就是另一个他，

而她不过是另一个她。

千门万户，

而他就在其中。

在平行世界里想念着你，

在一个无罪的夜晚指认你，

放下手中的武器吧，

在每一个故事里都有人痛失爱侣。

这么多年没有相见，

整齐排列的布鞋和皮鞋堆出一个欢送你的队列，

于是海水刮上了岸留下贝壳和盐巴。

我说每个人都可能是你，

正如我可能是任何人，

如果不是爱情故事，

又有谁会多看谁一眼。

春天太好了，

好像你要来，

好像你刚走。

2020.3

心在飞

我飞速地消耗生命，
我缓缓地吞噬时光，
这其中的不同只是风。

爱你就像打羽毛球，
反应慢了就会接不住。
这时我得调节内部的速率，
免得和你差太多。

2019.12

我爸、我和我男人

你非常年轻，

生活在一个害怕别人拒绝，

就先去拒绝别人的世界里。

虽然你热情、周到，

用善意和世界打交道，

但是人文修养，

让你并不相信别人。

我经常跑去你的世界参观那些像我妈一样的人，

这个世界竟然诞生了我！

以前的我怕什么人爱上我，

就宣称爱全世界，

恐怕也是同样的幼稚行为。

而我的朋友善于偏见和傲慢，

因为这个世界没有选择就没有正直。

这个时代每人都有一套遁词，

没有任何标准可言，

人在异乡便想融入社会。

只有野性的规训，

没有天然的驯服！

我的男人拥有着良好的感觉，

运动使他变得善良，

夕阳下的轮廓仿佛可以呼吸到，

两个人的声线彼此交和着。

但是我已喜欢沉默胜于诉说，

喜欢野猫胜于兔子！

我想我不能再写诗，

毕竟不能在病毒离开之前变得太敏感。

2020.6

每个人和我

每个人都有气味，
每个人都有口音，
每个人都有脾气，
每个人都有品味。

每个人都有洁癖，
每个人都有脸色，
每个人都有好奇，
每个人都有底线。
每只鸟儿都有羽毛，
每种天气都有情绪，
每种谬论都有听众。

我终于回到了现实中，
因为我开始做梦了，
并且和真的混到了一起。

想象你听到这句话的表情，

一定是有点不屑一顾。

2019.12

穆谢特的少女时代

想念七月

永远都是这样，

我们蓬勃的七月的篇章。

天空游移，

云彩低走。

七月的指缝间穿透

信仰的光芒。

尖叫的飞鸟折断翅膀，

而理想的大道上没有第二种

方向。

我们的天空看不到

彩虹，

坚韧的磐石却给我力量。

七月，

黯在七月无处躲藏。

天空遁来的信仰，

铺在理想的大道上。

七月，

龟裂的大地乞不来阴雨。

在绝望的普照下，

忘记怎样去悲伤。

隐身在我们的七月，

虫在远方仰目

预言一场暴雨的到来，

我在楼上描摹路上行人的眼光。

2004.9

云淡风轻

那些花花绿绿的日子就这么
过去了，
什么滑落在指间，
尘埃。
我在冬日温暖的午后，
钥匙和窗板
模拟夏日晨光到来的姿势。
一种耀眼和雪白，
云光很暖。

风是没有形状的，
像灶上的白烟那样熟悉。
洁白的化石还未命名，
河水没有一丝记忆。
毛衣上的线，
软。

你爱大起大落后的平静。

失去方向的风，

在时间的夹缝里散步，

亦步亦趋。

乘一只船。

岸的尽头，是最初。

2004.12

大海是起始以及终结

编者按：一种抽象的觉醒，一个以海为单位而不断接近的大千世界，一个包罗万象而又不得而知的液体坟墓。这是作者略带疑惑的笔下宣泄出来的一种对海的解读，并且，她的思维方式造就了一种庞大的寂寞感。我们无须在这首诗歌中寻找技巧，我们该做的，只是闭目想象，以及竖耳聆听。

他们从最深的地方接近大海，
从生命孕育和开始的地方，
星子坠落的地方。
捕鱼人打捞和杀死鱼类，
幽微的生压抑不住死亡。

黑暗在白日之下被倾倒着，
到远，或更远的地方索取吧，
海底埋葬着星子。

它们白日酝酿起死回生，

默不作声，盛大无比。

但在黑夜

一切毁灭都只是表演，你知道。

苟延残喘地奔波，

尘世之中泥土之下

我们的憔悴像一粒泥土。

盲目的鱼类盲目着，

满目浑浊，

但在海底，

你什么也无须看清。

而海还是蓝的。

你在最远的地方，

幻想着一种纯粹。

看海吞噬了天和地，

感到晕眩而着迷。

黑色倾覆了

云和雨，

夹带一种隐秘在

靠近。

你终此一生也无法抵达它的中心，

关于海，你还能写些什么。

发亮的粼波，

阻挡你向更宽广的怀抱躲去。

那里有，

所有的起始与终结，

所有的喧哗与沉默，

所有的新生与消逝，

所有的悲苦与哀愁，

所有的因与果。

海鸟飞行的姿势像是一个隐喻，

你终其一生也无法听懂它的语言，

你无法诉说。

而鸟还是白色的，

我从你的眼眸中抵达时间的彼端，

我在你的血液里打扮一端鲜艳的腐朽，

这便是我的快乐。

一些陈旧

美好慢慢发生，

从

这头

到那头。

你不曾见过海，

虽然此刻，你站在离海最近的地方，

听到一切秘密的终结，

却无法窥探它的结局。

海风

还是冰凉的。

你在火柴盒般的禁闭中坚守住凡胎，

你在声色迷乱的火光中等待着未来。

你沉默，冥想，下坠，

以一种一无所有的姿态，

依然没有海。

2005.7

—— 安提戈涅的眼睛 ——

诗剧：某个女人的梦境

一、她的房间

床上，翻开自己的笔记本，混乱的字迹。

二、梦境：一条小马路、一间破旧房间、一个破旧的游乐场　黄昏　外

在一个很远的地方，她遇见了一个陌生的男人，但是又那么亲切。他用她期盼的方式对待她，她信任他。他们来到一个地方，她发现里面有很多她童年时玩过的玩具，多年前读过的书，那些被她弄丢的漂亮发卡。她欢天喜地，陌生的男人说了很多奇怪的话，有的她没听懂。她也把自己的秘密告诉他。说出来的时候，她觉得有点荒诞，因为她好像知道这并不是真的。然后他们就去坐旋转木马了。她转得头都晕了。

她（自白）：然后我说我要走了，他问为什么，我也不知道为什么。只是想结束了，我就拒绝他，拒绝他的一切邀请和好意。我说我们不要再见了。我一点也不

想见到我那满目疮痍的童年。不耐烦。

（转场，划入）

三、家中　夜　内

她拿起旁边的水杯喝水。一边记下了这个梦。

四、河边　日　外

她穿着白色长裙子站在水边，河对岸走来一个穿蓝色衬衫的青年，瘦削的身材、苍白的皮肤，她歪着头看他，好像认出他是谁。

青年：你终于来了。

她：你也是。

青年：你等我一会儿。

她：你要和我去哪儿？

青年：你要去哪儿？

她：我不知道。我不知道。你说你在等我，我也觉得我找的就是你。但是其他的我都不记得了，怎么办？你说去哪儿？

青年：那你再等会儿。我去牵马来。

她（自白）：我对他一无所知，我觉得我像个傻子，但这不正是我要的吗？我拼命地追求知识，但只有在这里，我才如我希望的那样，勇敢而无知。像坐在一只缓缓落下的降落伞上，只是永远到不了地面。

五、家中 夜 内

她突然合上日记本，闭上眼睛，床头灯微弱的光线洒在她的脸上。

她打开笔记本，把刚才的梦用括号圈起来。

六、河边 傍晚 外

青年还没有回来。周围很寂静，虫叫变得清晰可闻。还有不知名的小动物行动的声音。她蹲在河边想看自己的倒影，却突然一声尖叫。清澈的河水映出一张苍老、皱纹遍布的脸。青年回来了。

青年：大妈，请问您看到这刚才站着的一位姑娘了吗？和您差不多高，大约十几岁的年纪，很美丽。

她：⋯⋯没，不知道。

青年：那我去找找她吧。谢谢您。

青年转身要走。

她：等等！

青年微侧过头。

她：你知道她是谁？你去哪里找她？

青年：我当然知道。

青年走了。她苍老的脸上流下了两行热泪。

七、广场 傍晚 外

很多人在跳交谊舞。舞裙翻飞。

（划入）

八、童年房间 日 内

一间破旧的小孩房间，墙已经斑驳掉皮了，屋子里
有钢琴、书橱、小床。一个小女孩穿着彩棉的背心裤衩
蹲在地上搭积木，她聚精会神地盖着小木头房子，为了
让睡在一旁的打扮美丽的布娃娃睡进去。

苍老的她站在门口看着小孩。小孩和她很相像，自
然那小孩就是她，但是那双溜光水滑的眼睛炯炯有神，
仿佛精神高速运转着。不像苍老的她那样泪光盈盈，充
满伤感。

小孩累到汗流浃背，就躺到床上去睡觉。

九、雨夜的大街上 夜 外（小女孩的梦境）

暴雨天，街上空荡荡，小女孩趴在地上搭一个简易
住棚，几根铁丝撑着塑料布顶，只有帐篷大小，雨水不
停地涌进来，小女孩用砖头压住住棚的各个角落。

雷声阵阵。

音乐起。（完）

2011.5

诗人已死

在这片土地被眼泪淹没以前，

对的，汶川地震那天，

——事后我们才知道

三个人漫步在废弃的火车铁轨上。

他说，为什么诗人总是喜欢自杀离世呢？

我说，毕竟诗歌的世纪已经结束了。

那时候世界很美好，

热爱电影的人，

不知道诗人为什么舍得撒手离去。

于是我把这段对话拍成了短片。

那个下午气压异常，我一直头晕，

于是我深一脚浅一脚

走进了电影的坑里。

可是当我爱上谁以后，

影像攫走了我的灵魂，

我像没有了脸，

与你无法交流。

我张开嘴，

你听到声音，

可是你不知道是我说的。

于是你扒火车走了，

那是 2008 年春天的一段往事。

2019.12

—— 代后记 ——

空心岁月

——2008 年到 2009 年的一些博文

2008-03-30

我也不知道自己是怎么了，适才的某一刻我发现自己还在下意识地往嘴里塞橘子和香蕉，但已难以下咽。吃了两次晚饭大概。心里惶惶，我到底是怎么了，好像某一刻感觉所有人对我的态度都出现了问题。我再也无法正确表达自己的感受。一切被表面的相安无事盖过。迎接男人婆的目光，迎接无意表白的爱人的目光，迎接老师的也许已经对我失望的目光。我只是一个女孩子。只是因为我的专业成绩又夺了第一吗？

也许是听幸福大街就会慢慢有的一种中毒的迹象。昨天买《胭脂》时就在犹豫了。台下的男孩子们，要好好爱你们的女朋友，给她买房子。所有人都笑了。我觉得这句话真好。人人都有自艾自怜的一面啊，而说不定哪一面才是你真正想要的。抽丝剥茧，辗转难眠，两个剧本哪个都不忍心写到底。一个是狠不下心，一个是恋恋不舍。一个是《突围》，疲倦的城市边缘无业男人的故事；一个是《春末的陌生天堂》，惆怅的农村姑娘和城市小偷相依为命的故事。我希望他们可以骑在那辆单车上，歪来歪去，顺着那倒下的彩色油漆，一直到远处去，到很远的地方去。

要我心安理得很难。女主角定下兰梦。她依旧很灿烂。男主角很多候补，一直在换。

2008-04-01

痉挛你可曾看到过记忆的分界？

那一夜，电光火石，星云斗转，又或者花好月圆，光阴寂静。你闭着眼睛，自脚趾至发根触电般地抽搐醒觉。然后大梦初醒。过去的一切就被打上了封印，你可以想起，但却没有了温度。

在某一个瞬间，这个世界不再是你的。突然天窗大开，阴风怒号，不知哪里来的眼睛挤进来盯着你，你慌乱疏离再不是自己。突然，这里的一砖一瓦清晰坚硬起来，一不小心都会戳伤你细嫩的皮肤。

在某一个瞬间，你觉得自己要死了，浑身上下在由里到外地反叛，径自老死去。像一块朽木被丢在河道旁，已经无能为力。你把这告诉他，可是他救不了你。你说，我们走吧，走吧。你说，我们爱吧，爱吧。好像爱和离开等同于对现实的消灭，等同于一种死，你迷恋着。

残酷青春的故事有很多种。残酷青春里的爱情故事有很多个。

一条路，走到黑。死得漂亮，没人救你。青春的痛苦就是一场声嘶力竭的痉挛，不知哪里来的力，自己为难自己。

你说死亡，死亡。于是世界就静了。就像你说爱情，上帝就笑了。我们迷恋着它，又被它耍弄。作弄自己，又被自己嘲笑着。

你的痛苦和悲戚只是青春期的一场热病，过后便痊愈，毫无痕迹。

2008-04-30

不能笃定地进入某种准确归类或者标号了的生活，在飘荡的过程中死于各种可能性。对生活的想象放大，住进去慢慢不存想象能力。破壳而出的过程中我们有许多梦，有许多电影。电影是我们对这个世界各种虚弱的接触，一直做梦。有人说童年带来的诗性生活的经验是人一辈子最宝贵的财富，有人说青春期那不成形的痛苦可能是人一辈子最有价值的经历，如今它们淡去了，我敲碎了生活的外壳。不知道路在哪里，通往哪里。

四月的最后一天。天安门，前门。

2008-05-06

现实是监禁的洞穴或者牢笼，其中是无真理可言的。和内心倦怠期一起到来的是接受的高效率，越沉到底越对阳光敏感，空穴才来风。

生活是漫长漫长的催眠，别人口中我日日睡不醒，假设它也是白日梦气质的一种。好比我爱的罗兰·巴特。我和谁站在一起，空穴来风，吴带当风。心里空得难受。柏拉图口中，回头看向洞穴外，即是一生的转机或救赎。虽你会被阳光灼坏了双眼，但你才知身处的现实是谎言。任何存在都是谎言，都是受理念支配的。你若去往理念的世界，现实的你就废了。众人都要救你，病人。

你要长久的爱还是短暂的死。娃娃说，自然要后者。我拒绝选择。可是死从来不是突发事件，死是漫长的状态，如果没有生前短暂的爱，拿什么去和死后漫长的黑暗对峙。死是一个绝对。生是偶然。我又困了，把昨晚的话都忘了吧。

我的演员美术时常提醒我，片子何时开拍，然后想起来，我最难拍的《诗人已死》。我一直在沉淀它，飞快地看书。看 PK14（乐队名，全称为 The Public Kingdom for Teens）的时候，我和蒙蒙都在酝酿一句话，诗人倒下了，换成摇滚歌手继续站在这舞台上。为什么还会有诗？

我们借以书写的汉语，都已经不清白了。我们置身其内的世界，早就被割裂了。明天继续小团伙开小会，因为该督促我分镜了……过去这阵我会写个小说。

2008-07-09

或许文学或艺术都是一门宗教，那就看虔诚不虔诚了。表达的效果很多时候取决于表达的愿望。你觉得这样的日子真是好。还有今天索科洛夫给予新启发，又有了新鲜的尝试愿望。

进入别人的思维方式始终让你痛苦不堪。那些错乱的评价系统，得出结论的方式非常粗暴，虽然我应当努力去了解以他人的思维怎样得到这些结果。但总是要靠脑子生活的人吧，而不是取决于欲望或随机性。你们不知道在某一刻你们对我有多重要。

眼神交错的地方，嫉妒真可怕。

我多么希望大雨不停小雨不断，偷偷离家去旅行。所有街上跑的都复活吧。

这次我绝对不要背很大的包了。

2008-07-15

你觉得最理想的生活状态是什么？

一群志同道合的人一起拍电影，一群人一起谈恋爱……

不过电影拍到默契时，恋爱就完全没必要了！

你的表情很可爱。我们继续闲聊。这个一对一的男女关系被证实是完全不符合社会学的，而且最不稳定！在一个团体内实现兼爱和博爱是很多哲学家的理想……

如果不是崩溃时时袭来，我愿意每天都和你聊天玩。

有时是信念太薄弱，不足以支撑生活。更不能给笔下的人物以出路，眼睁睁看灰蒙蒙开始，黑漆漆结束。可谁都没出路，现在让一个人经历一番遭际，发现某种光明价值仰赖它瞬间得救或信仰终生，不可能，只可能是经历一番遭际，走出剥削暴力束缚，转身彻底地否定了它。静坐升天，悲从中来。想起左高一时说，别人可以生活理想化，只有米是理想生活化。

真有道理，若我也能变得坚忍。可惜我头重脚轻，总是陷入恶心。脑子里轻飘飘的东西，我的生活就是它。

2008-09-07

最好是秋天早晨的阳光，下午5点时道路浸满晚霞。晚上7点外面传来的声音变得很长，夏天走干净了，身上的暑热没走。

把我的世界还给我，我有很多无聊、恶心和厌恶。我不需要那么多爱，不需要付出那么多，更不需要什么都接纳。有些人研究自己一辈子都不厌烦，孜孜不倦自我证明其乐无穷。把我打动了，我要自满一下，再胡闹一下。人应该活在自己的生命结出的果实里，我喜欢这句话，我写的寥寥几个小说里都有那时在身边的姐妹。而我现在居然没有一个完整的想法让我安身立命。

一秒钟前小疯子和小青岛打来长途电话，丝瓜脸的声音挺好听的呢！

2008-09-15

秘密讲了一半。感觉自己也解放了。前因后果倒置，我知道一回想就不明白。回来听到电视上两首歌，一首是颁什么奖的时候许茹芸唱的，一首是许美静又唱了《城里的月光》，哭了两次。

你不知道我有多快乐。没头没尾的，不是故事，也不是爱情。可是那样的爱情只有爱情小说里才有。

我总把很多事情想成是不可逆转的，天定的，非如此不可的。要过很久回过头来，才发现了一些说不清的细微闪烁，最初的缘由汇集，就该大哭一场感谢生活。星象上说我有巨大的逃避倾向，甚至妈妈刚才说四年前的事来自你潜意识里完全的自我封闭，所以确实的事故现在我仍然想不起来。它在虚无的层面上发生了，把我拽向更虚无的境地。

说完了就是解放了一点。吃掉沮丧，我们不能互相开口。我却滑向另一边。因为秘密只是秘密，我记得，觉得很甜蜜。

在南京的四天很开心，我数了数，发现最后一天晚上我们聊了十个小时。在酒吧和张大民参加的酒会，之后转战师姐的床上，三个醉姑娘糊涂着，最糊涂的那个说了一段好几年没留下痕迹的经历。组委会最后为高文东加了个特别推介奖，他开心地捧个奖状抱抱田原拿了朵花下台去，开幕闭幕最高奖影片全被文学系校友获得，自豪大大地！

2008-11-08

我为什么要优秀，以及为什么要优雅？

一个月前在临街的旅馆，我说，他真正地和世界融为了一体。我说的是赫拉巴尔。一个月前的事情真的很远很远了。在西安咱们拼命地玩，拼命地吃，结果是回来高烧又腹泻。但接近一个地方和接受一个地方的人好像总是有某种微妙关联，一个持续地对这个世界感受的气场。

我没有很堕落也没有不幸福，各种说法，就让它们滚蛋吧。在看很多书，还是没一点系统一点章法。我看理论不只是和自己的身体或成长建立怎样的关系，我需要一些基本的思路和答案，不只是我在它们中居然知道怎么梳理那个准备了太久的故事，重要的是重新确认自身。这就是一个边界的东西，过度自由里无的放矢的确定性，一个人在世界上的位置、社会上的位置，以及一个视野。

在开始叙述和欺瞒前，最好搞清所有可能性。

当有人拼命地要你相信你是如何如何的人时，还好我可以哈哈大笑。

话说出来，就只能被误解。

这个世界是一个整体。看你采取更直接的方式还是满足言语的欺瞒性。

2008-11-10

火车开动耳机里响起几年前的Placebo，瞬间涌起些激动。哦，那些风景……

所有的秋天都像是一个秋天感到新奇或者怀旧的时刻，都像是特别快乐的周围的一切，就像是它所是。

堂吉诃德就堂吉诃德吧，毕竟你的是忧郁王子，我的是无畏骑士。有一天我突然想，"亲物性"就是磕磕碰碰烫破皮，我告诉你怎么一要见你总先烫破皮，在这句话背后的我是不可饶恕的。

2008-12-04

一年了。一年了。在这样的经纬上，过去的事情带着一副快乐的表情来找我。今天课上放《恐惧吞噬灵魂》，想起一年前在标放看到它。

干冷干冷的风吹着路上的人到处跑。天晴朗。裹严实了，出来拍个片子吧。

你重新建立自己经纬的要求是何等迫切，以至于不能再写，也不能再唱，在每日更改思路来重新串联脑里的情节和经历的你面前，抵抗蕴涵其中的甩不掉的姿态。你承受的不是你为谁承受的。虚妄感一降临，我就面临崩溃就抓狂。而电影与我们的距离究竟如何呢？你说我一本一本地读书，会带来什么？我在给自己设限。而没人给我个保证，怎样做确认自身，怎样做不会脱轨。永远没有。

拍电影也有救赎一意。我明白。现在我只想离它远点。和你待在一起。只为战胜我的脆弱，战胜捆束我的绳索。

2009-10-29

Green 给了我一本《人生的智慧》让我读，上面还有他病榻上的笔迹。那天他说了两句书上的话，一句是"一个人如果没有他那个年龄所特有的神韵，必然有他那个年龄所特有的痛苦"，一句是"人在痛苦和无聊之间的往返其实是对自己的意欲的满足"。

后来开始接近要害。

我发现，一旦真的认识到了某件事，它对你就不成问题了。

那天以后，虚妄就开始被风刮跑。

叔本华的方式也未必就恰当吧。毕竟原来以为他是悲观的，现在想他可真是乐观的人啊。快二十一岁的我，世界观与人生观又在哪里？

二十年好比一个阶段。在这一年里，我把该拆的都拆了，该忘的都忘了，该否定的全否定了。

未来有没有近一点？